VENTE DU VENDREDI 27 MARS 1885

TABLEAUX

ESQUISSES ET ÉTUDES

PAR

PHILIPPE ROUSSEAU

TABLEAUX ET DESSINS

DÉPENDANT DE LA COLLECTION DE M. A.

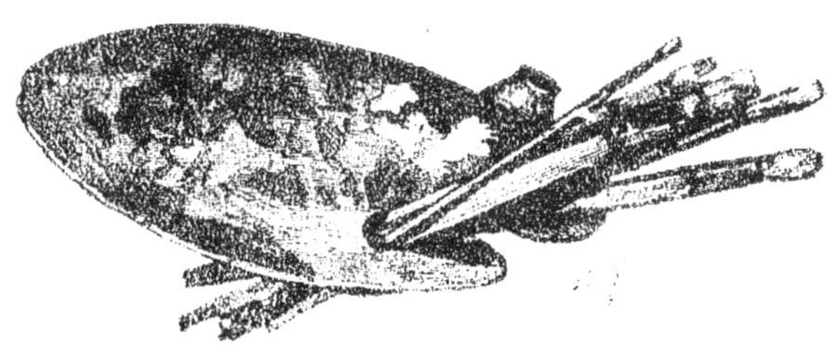

Me PAUL CHEVALLIER, Commissaire-Priseur,

M. E. FÉRAL, Peintre-Expert.

IMPRIMERIE PILLET ET DUMOULIN
RUE DES GRANDS-AUGUSTINS, 5, A PARIS.

CATALOGUE
DES
TABLEAUX
ÉTUDES ET ESQUISSES

PAR

PHILIPPE ROUSSEAU

TABLEAUX ANCIENS

DESSINS ET AQUARELLES PAR DIVERS

GARNISSANT SON ATELIER

TABLEAUX ET DESSINS

PAR

CHAIGNEAU, DE DREUX, DESPORTES, DIAZ, FRANÇAIS,
ISABEY, ROYBET,
ALF. STEVENS, TROYON, VOLLON, YON, ETC.

Dépendant de la collection de M. X.

DONT LA VENTE AURA LIEU

HOTEL DROUOT, SALLE N° 5

Le Vendredi 27 Mars 1885.

A TROIS HEURES.

COMMISSAIRE-PRISEUR	EXPERT
Me Paul CHEVALLIER	M. E. FÉRAL, peintre.
10, rue de la Grange-Batelière.	54, Faubourg-Montmartre.

Chez lesquels se trouve le présent Catalogue.

Exposition publique : Le Jeudi 26 Mars 1885, de 1 h. à 5 h.

CONDITIONS DE LA VENTE

La vente sera faite au comptant.

Les acquéreurs payeront cinq pour cent en sus des enchères applicables aux frais.

Paris. — Typ. PILLET et DUMOULIN, 5, rue des Grands-Augustins.

DÉSIGNATION

TABLEAUX ET ÉTUDES

PAR

PHILIPPE ROUSSEAU

1 — *Les Asperges.*

Bois. Haut., 64 cent.; larg., 53 cent.

2 — *Lièvre et perdreaux.*

Bois. Haut., 30 cent.; larg., 60 cent.

3 — *Roses.*

Bois. Haut., 30 cent.; larg., 40 cent.

4 — *Figues.*

Bois. Haut., 27 cent.; larg., 34 cent.

5 — *L'Alchimiste.*

Toile. Haut., 45 cent.; larg., 68 cent.

6 — *Canards au marais.*

Soleil levant.

Toile. Haut., 88 cent.; larg., 1.15 cent.

7 — *Giroflées dans un verre.*

Toile. Haut., cent.; larg., cent.

8 — *Côtes d'Acquigny.*

Toile. Haut., 98 cent.; larg., 1.30 cent.

9 — *Terrier à lapins.*

Toile. Haut. 80 cent.; larg., 1 m.

10 — *Le Fromage à la pie.*

Étude pour le tableau qui a figuré au Salon de 1881.

Bois. Haut., cent.; larg., cent.

11 — *Intérieur de cuisine.*

Bois. Haut., 65 cent.; larg., 54 cent.

12 — *Mauvais temps, marine.*

Bois. Haut., 32 cent.; larg., 41 cent.

13 — *Rochers à Roscoff (Bretagne).*

Bois. Haut., 31 cent.; larg., 41 cent.

14 — *Les Bords de l'Eure, à Acquigny.*

Bois. Haut., 30 cent.; larg., 41 cent.

15 — *Côtes d'Acquigny, près du Pont.*

Toile. Haut., 80 cent., larg., 1 m

16 — *Roseaux.*

Étude.

Toile. Haut., 1 m.; larg., 80 cent.

17 — *Genêts.*

Étude.

Toile. Haut., 1 m.; larg., 80 cent.

18 — *Rochers, à Acquigny.*

Toile. Haut., 80 cent.; larg., 60 cent.

19 — *Ferme, à Acquigny.*

Toile. Haut., cent.; larg., cent.

20 — *Ferme, à Gruchet.*

Toile. Haut., cent.; larg.; cent.

21 — *Poules et fumier.*

Esquisse.

Toile. Haut., cent.; larg., cent.

22 — *Chien dogue.*

Étude.

Toile. Haut., cent ; larg., cent.

23 — *Fleurs et oiseau.*

Toile. Haut., cent.; larg., cent.

24 — *Branche de lilas.*

Toile. Haut., cent.; larg., cent.

25 — *Rosier grimpant, à Acquigny.*

Toile. Haut. 46 cent.; larg., 38 cent.

TABLEAUX PAR DIVERS

ISABEY (Eugène)

26 — *Bateau de pêche.*

Étude.

Toile. Haut., 28 cent.; larg., 38 cent.

KESSEL (J. Van)

27 — *Fleurs de toutes sortes dans un vase en terre vernie, orné de bas-reliefs.*

Beau tableau de l'artiste, d'une parfaite conservation.

Bois. Haut., 1,08 cent.; larg., 70 cent.

ÉCOLE FLAMANDE

28 — *Sainte Anne et la Vierge.*

Belle peinture, digne du pinceau de Rubens.

Toile. Haut., 84 cent.; larg., 55 cent.

CHARDIN (SIMÉON)

29 — *Maquereaux attachés avec quelques brins de paille et accrochés à un mur.*

Belle esquisse signée.

Toile. Haut., 58 cent.; larg., 48 cent.

LAFOSSE (CHARLES DE)

30 — *Le Vœu de Louis XIII.*

Étude.

Toile. Haut., 40 cent.; larg., 31 cent.

ÉCOLE FRANÇAISE

31 — *Vieux livre ouvert.*

Étude.

Bois. Haut., 27 cent.; larg., 40 cent.

DESSINS ET AQUARELLES

JONGKIND

32 — *Canal en Hollande.*

Aquarelle.

PILS

33 — *Gentilshommes sous Louis XV.*

Aquarelle.

FRAGONARD (Genre de)

34 — *Vue prise dans un parc.*

Aquarelle.

FROMENTIN (attribue à EUGÈNE)

35 — *Arabe blessé.*

Dessin au crayon noir, rehaussé de blanc.

LAVREINCE

36 — *Portrait de jeune fille.*

En buste, coiffée d'un chapeau de paille orné de rubans, une mantille en soie noire sur les épaules.

Gouache de forme ovale.

LITHOGRAPHIES

37 — *Le Printemps.*

Très belle lithographie, par Mouilleron et Ch. Jacque.

38 — *Sous ce numéro qui sera divisé :*

L'alchimiste, d'après Isabey.

Le renard et les poules, d'après Ph. Rousseau.

Le garde-manger, d'après le même, etc. — Cinq pièces.

TABLEAUX

AQUARELLES ET DESSINS

DÉPENDANT DE LA COLLECTION DE M. X.

BROWN (J.-L.)

39 — *Artillerie traversant un gué.*

Bois. Haut. 22 cent.; larg. 33 cent.

CÉSAR DE COCK

40 — *Ruisseau sous bois.*

Toile. Haut. 45 cent.; larg. 67 cent.

CHAIGNEAU (F.)

41 — *Moutons dans la plaine de Chailly.*

Soleil couchant.

Bois. Haut., 23 cent.; larg., 31 cent.

CHARLET

42 — *Mendiants au cabaret.*

Belle aquarelle.

Haut. 27 cent.; larg., 21 cent.

DAUBIGNY

43 — *Champ de pommiers sur les côtes normandes.*

Ébauche.

Toile. Haut. 53 cent.; larg. 1 m. 15.

DE DREUX (Alf.)

44 — *Amazone à cheval.*

Toile. Haut., 31 cent.; larg., 23 cent.

DE DREUX (Alf.)

45 — *Cheval dans une prairie.*

Toile. Haut., 52 cent.; larg., 62 cent.

DE DREUX (Alf.)

46 — *Cheval à l'écurie.*

Toile. Haut., 48 cent.; larg., 60 cent.

DESPORTES (François)

47 — *Le Déjeuner.*

Un jambon entamé, une botte de radis, une salière en argent, un couteau, etc., le tout posé sur une table en partie couverte d'une nappe.

Beau tableau. — Signé.

Toile. Haut., 65 cent.; larg., 80 cent.

DIAZ

48 — *Le Maître d'école.*

Aquarelle.

Haut. 8 cent.; larg. 11 cent.

FORTUNY

49 — *Constructions en ruine.*

Étude provenant de la vente après le décès de l'artiste.

Toile. Haut., 25 cent.; larg., 39 cent.

FRANÇAIS

50 — *Château-Chinon.*

Soleil levant.

Haut. 18 cent.; larg. 36 cent.

FROMENTIN (Eug.)

51 — *Cheval arabe.*

Crayon noir rehaussé de blanc.

Haut., 41 cent.; larg., 30 cent.

GAVARNI

52 - *Un Incroyable.*

Aquarelle.

Haut., 28 cent.; larg., 22 cent.

GRANET

53 — *Intérieur de cuisine.*

Toile. Haut., 28 cent.; larg., 36 cent.

HOGUET

54 — *Plage en Bretagne.*

Toile. Haut., 26 cent.; larg., 40 cent.

HUBERT ROBERT

55 — *Abreuvoir sous l'arche d'un pont.*

Toile. Haut., 95 cent.; larg., 1.23 cent.

ISABEY (Eugène)

56 — *Côtes normandes, à marée basse.*

Sur la gauche, au pied de hautes falaises, des pêcheurs déchargent des bateaux.

Esquisse de la première manière de l'artiste.

Toile. Haut., 58 cent.; larg., 30 cent.

ISABEY (Eug.)

57 — *Village normand.*

Esquisse.

Toile. Haut., 40 cent.; larg., 58 cent.

JONGKIND

58 — *Les bords de la Meuse. — Effet d'hiver.*

Toile. Haut. 34 cent.; larg. 44 cent.

MANET

59 — *Le Bon bock.*

Petite étude.

Bois. Haut., 21 cent.; larg., 14 cent.

ROSA BONHEUR

60 — *Vache et bouvier.*

Mine de plomb.

Haut., 16.; larg., 21 cent.

ROYBET

61 — *Nègre vu en buste.*

Bois. Haut., 70 cent.; larg., 50 cent

STÉVENS (Alf.)

62 — *Jeune femme coiffée d'un chapeau de paille.*

Bois. Haut., 27 cent.; larg., 21 cent.

TAUNAY

63 — *Moines distribuant la soupe à des mendiants.*

Toile. Haut., 32 cent.; larg., 40 cent.

TROYON (Constant)

64 — *Vaches au pâturage.*

Étude provenant de la vente Troyon.

Toile. Haut., 42 cent.; larg., 58 cent.

VOLLON

65 — *Paysage au printemps.*

Bois. Haut., cent.; larg., cent.

VOLLON

66 — *Sur les buttes Montmartre.*

Effet de neige.

Bois. Haut., 15 cent.; larg., 21 cent.

YON (Edmond)

67 — *La Plage de Villerville.*

Toile. Haut., 23 cent.; larg., 34 cent.

ÉCOLE HOLLANDAISE

68 — *Objets divers posés sur une table.*

Bois. Haut., 16 cent.; larg., 21 cent.

www.ingramcontent.com/pod-product-compliance
Lightning Source LLC
LaVergne TN
LVHW050230180726
843501LV00013BA/3738

9782329583761